Le fou venu de la Terre

Keith Laumer

Writat

Cette édition parue en 2023

ISBN : 9789358810110

Publié par
Writat
email : info@writat.com

LE FOU DE LA TERRE
PAR KEITH LAUMER

je

"Le Consul pour les États terrestres", a déclaré Retief, "présente ses compliments, et cetera, au Ministère de la Culture de l'Autonomie Groace , et en référence à l'invitation du Ministère à assister à un récital de grimaces interprétatives, a l'honneur d'exprimer je regrette qu'il ne puisse pas... "

"Vous ne pouvez pas refuser cette invitation", a déclaré catégoriquement l'assistant administratif Meuhl . "Je ferai que 'accepte avec plaisir'."

Retief exhala un panache de fumée de cigare.

« Mademoiselle Meuhl , dit-il, au cours des deux dernières semaines, j'ai assisté à six concerts de lumière, à quatre tentatives de musique de chambre et, Dieu sait combien de festivals d'art populaire. -heure de service depuis que je suis arrivé—"

"Vous ne pouvez pas offenser les Groaci ", dit sèchement Miss Meuhl . "Le consul Whaffle n'aurait jamais été aussi impoli."

" Whaffle est parti d'ici il y a trois mois, " dit Retief, " me laissant le soin. "

"Eh bien," dit Miss Meuhl en ôtant le dictyper . "Je suis sûr que je ne sais pas quelle excuse je peux donner au ministre."

"Peu importe les excuses", a déclaré Retief. "Dites-lui simplement que je ne serai pas là." Il s'est levé.

"Est-ce que tu quittes le bureau ?" Miss Meuhl ajusta ses lunettes. "J'ai ici quelques lettres importantes à signer."

"Je ne me souviens pas avoir dicté de lettres aujourd'hui, Miss Meuhl ", a déclaré Retief en enfilant une cape légère.

"Je les ai écrits pour vous. Ils sont exactement comme le Consul Whaffle les aurait voulus."

"Avez-vous écrit toutes les lettres de Whaffle pour lui, Miss Meuhl ?"

"Le consul Whaffle était un homme extrêmement occupé", dit Miss Meuhl avec raideur. "Il avait une totale confiance en moi."

"Puisque je supprime désormais la culture", a déclaré Retief, "je ne serai pas si occupé."

"Bien!" » dit Mlle Meuhl . "Puis-je te demander où tu seras si quelque chose arrive ?"

"Je vais aux archives du ministère des Affaires étrangères."

Miss Meuhl cligna des yeux derrière des lentilles épaisses. "Pourquoi?"

Retief regarda pensivement Miss Meuhl . " Cela fait quatre ans que vous êtes ici à Groac , Mademoiselle Meuhl . Qu'est-ce qui se cache derrière le coup d'État qui a mis le gouvernement actuel au pouvoir ? "

"Je suis sûr que je n'ai pas fouillé—"

« Et ce croiseur terrestre ? Celui qui a disparu par ici il y a une dizaine d'années ?

"M. Retief, c'est exactement le genre de questions que nous *évitons* avec les Groaci . J'espère certainement que vous n'envisagez pas d'intervenir ouvertement—"

"Pourquoi?"

"Les Groaci sont une race très sensible. Ils n'acceptent pas les étrangers qui ramassent des choses. Ils ont eu la gentillesse de nous laisser ignorer le fait que les Terriens les ont soumis à une profonde humiliation à une occasion."

"Tu veux dire quand ils sont venus chercher le croiseur ?"

"Pour ma part, j'ai honte des tactiques autoritaires qui ont été employées, grillant ces innocents comme s'il s'agissait de criminels. Nous essayons de ne jamais rouvrir cette blessure, M. Retief."

"Ils n'ont jamais trouvé le croiseur, n'est-ce pas ?"

"Certainement pas sur Groac ."

Retief hocha la tête. "Merci, Miss Meuhl ", dit-il. "Je serai de retour avant que tu fermes le bureau." Le visage de Miss Meuhl était marqué par une sombre désapprobation alors qu'il fermait la porte.

Groacian aux traits pâles fit vibrer sa vésicule de gorge dans un bêlement de détresse.

"Ne pas entrer dans les Archives", dit-il de sa voix faible. "Le refus d'autorisation. Le profond regret de l'archiviste."

"L'importance de ma tâche ici", dit Retief, énonçant difficilement le dialecte glottal. "Mon intérêt pour l'histoire locale."

"L'impossibilité d'accéder aux étrangers. Pour partir tranquillement."

"La nécessité dans laquelle j'entre."

"Les instructions spécifiques de l'archiviste." La voix du Groacien s'éleva jusqu'à devenir un murmure. "Ne plus insister. Abandonner cette idée !"

"OK, Skinny, je sais quand je me fais lécher", a déclaré Retief en Terran. "Pour garder ton nez propre."

Dehors, Retief resta un moment à regarder les façades en stuc profondément sculptées et sans fenêtres qui bordaient la rue, puis se dirigea vers le consulat général terrestre. Les quelques Groaciens dans la rue le regardaient furtivement et se détournaient pour l'éviter à son passage. De fragiles voitures terrestres à roues hautes soufflaient silencieusement sur le trottoir résilient. L'air était pur et frais.

Au bureau, Mlle Meuhl attendrait avec une autre liste de plaintes.

Retief étudia les sculptures des portes ouvertes le long de la rue. Un objet élaboré, peint à la peinture rosâtre, semblait indiquer l' équivalent groacien d'un bar. Retief entra.

Un barman groacien distribuait des pots en argile remplis de boissons alcoolisées depuis le bar situé au centre de la pièce. Il regarda Retief et se figea en plein mouvement, un tube métallique posé au-dessus d'un pot en attente.

"Pour profiter d'une boisson rafraîchissante", dit Retief en groacian , accroupi au bord de la fosse. "Pour goûter une véritable boisson groacienne ."

"Pour ne pas profiter de mes pauvres offrandes", marmonna le Groacien . "Une douleur dans les sacs digestifs ; pour exprimer un regret."

"Ne vous inquiétez pas", dit Retief, irrité. "Pour le verser et me laisser décider si je l'aime."

"Pour être aux prises avec des soldats de maintien de la paix pour empoisonnement d'étrangers." Le barman chercha du soutien autour de lui, mais n'en trouva aucun. Les clients de Groaci , les yeux ailleurs, s'éloignaient.

"Pour retirer le plomb", dit Retief en plaçant une épaisse pièce d'or dans le plat fourni. "Pour secouer un tentacule."

"L'acquisition d'une cage", appela une voix ténue depuis le bord du terrain. "La démonstration d'un monstre."

Retief se tourna. Un grand Groacian fit vibrer ses mandibules dans un geste de mépris. D'après la coloration bleuâtre de sa gorge, il était évident que la créature était ivre.

"Pour t'étouffer dans ton sac supérieur", siffla le barman en étendant ses yeux vers l'ivrogne. "Pour garder le silence, compagnon de portée des drones."

"Pour avaler ton propre poison, dispensateur de vilenie", murmura l'ivrogne. "Pour trouver une cage appropriée pour cette pièce de zoo." Il hésita vers Retief. "Pour montrer celui-là dans la rue, comme tous les monstres."

"J'ai vu beaucoup de monstres comme moi, n'est-ce pas ?" » demanda Retief avec intérêt.

"Pour parler de manière intelligible, étranger malodorant", dit l'ivrogne. Le barman murmura quelque chose et deux clients s'approchèrent de l'ivrogne, lui prirent les bras et l'aidèrent à franchir la porte.

"Pour avoir une cage !" cria l'ivrogne. "Pour garder les animaux dans leur propre endroit puant."

"J'ai changé d'avis", a déclaré Retief au barman. "Pour être reconnaissant comme l'enfer, mais je dois me dépêcher maintenant." Il a suivi l'ivrogne jusqu'à la porte. L'autre Groaci le relâcha et rentra précipitamment à l'intérieur. Retief regarda l'extraterrestre en train de tisser.

"Pars-en, monstre", murmura le Groacien .

"Pour être amis", a déclaré Retief. "Pour être gentil avec les animaux stupides."

"Pour vous faire transporter dans un parc à bestiaux du bétail étranger malodorant . "

"Ne soyez pas en colère, indigène parfumé", a déclaré Retief. "Pour me permettre de sympathiser avec toi."

"Pour fuir avant que je ne te prenne une canne !"

"Prendre un verre ensemble—"

"Pour ne pas supporter une telle insolence !" Le Groacien s'avança vers Retief. Retief recula.

"Se tenir la main", a déclaré Retief. "Être paralysé—"

Le Groacien l'attrapa, le rata. Un passant le contourna, tête baissée, et s'enfuit. Retief recula dans l'ouverture d'un carrefour étroit et offrit de nouvelles familiarités verbales à l'habitant ivre, qui le suivit, furieux. Retief recula, contourna un coin dans un passage étroit ressemblant à une ruelle, déserte, silencieux... à l'exception du Groacian suivant .

Retief le contourna, saisit son col et tira d'un coup sec. Le Groacien tomba sur le dos. Retief se tenait au-dessus de lui. L'indigène abattu se leva à moitié ; Retief posa un pied contre sa poitrine et poussa.

"Ne pas aller nulle part pendant quelques minutes", a déclaré Retief. "Rester ici et avoir une longue conversation agréable."

II

"Te voilà!" » dit Miss Meuhl en regardant Retief par-dessus ses lentilles. "Il y a deux messieurs qui attendent de vous voir. Messieurs groaciens ."

"Des hommes du gouvernement, j'imagine. Les nouvelles circulent vite." Retief ôta sa cape. "Cela m'évite d'avoir à payer un autre appel au ministère des Affaires étrangères."

« Qu'est-ce que tu as fait ? Ils ont l'air très contrariés, ça ne me dérange pas de te le dire.

"Je suis sûr que non. Venez. Et apportez un enregistreur officiel."

Deux Groaci portant de lourds boucliers oculaires et des ornements de crête élaborés indiquant leur rang s'élevèrent lorsque Retief entra dans la pièce. Ni l'un ni l'autre n'ont offert un claquement courtois des mandibules, a noté Retief. Ils étaient fous, d'accord.

"Je m'appelle Fith , du bureau terrestre du ministère des Affaires étrangères, monsieur le consul", dit le plus grand Groacian en zozotant un Terran. "Puis-je vous présenter Shluh, de la Police Intérieure ?"

"Asseyez-vous, messieurs", dit Retief. Ils reprirent leur place. Miss Meuhl se tourna nerveusement, puis s'assit sur le bord d'une chaise inconfortable.

"Oh, c'est un tel plaisir..." commença-t-elle.

"Peu importe ça", a déclaré Retief. "Ces messieurs ne sont pas venus ici pour siroter du thé aujourd'hui."

"Tellement vrai", a déclaré Fith . "Franchement, j'ai eu un rapport des plus inquiétants, Monsieur le Consul. Je demanderai à Shluh de le raconter." Il fit un signe de tête au chef de la police.

"Il y a une heure", a déclaré le Groacien , "un ressortissant groacien a été amené à l'hôpital souffrant de contusions graves. L'interrogatoire de cet individu a révélé qu'il avait été agressé et battu par un étranger. Un terrestre, pour être précis. L'enquête de mon Le département indique que la description du coupable correspond étroitement à celle du consul terrestre.

Miss Meuhl haleta bruyamment.

"Avez-vous déjà entendu parler," dit Retief, regardant fixement Fith , "d'un croiseur terrestre, l' *ISV Terrific* , qui a disparu de ce secteur il y a neuf ans ?"

"Vraiment!" s'exclama Miss Meuhl en se levant. "Je me lave les mains-"

"Continuez simplement à faire fonctionner cet enregistreur", a lancé Retief.

"Je ne ferai pas la fête—"

"Vous ferez ce qu'on vous dit, Miss Meuhl ," dit doucement Retief. "Je vous dis de faire un enregistrement officiel et scellé de cette conversation."

Miss Meuhl s'assit.

Fith gonfla la gorge avec indignation. "Vous rouvrez une vieille blessure, Monsieur le Consul. Cela nous rappelle certains traitements illégaux aux mains des Terrestres—"

"C'est de la foutaise", dit Retief. "Cet air a été repris par mes prédécesseurs, mais il me semble un peu aigre."

« Tous nos efforts, » dit Miss Meuhl , « pour vivre ce terrible épisode ! Et vous… »

" Terrible ? Je comprends qu'un groupe de travail terrestre s'est éloigné de Groac et a envoyé une délégation pour poser des questions. Ils ont obtenu des réponses amusantes et sont restés pour creuser un peu. Après une semaine, ils sont partis. Un peu ennuyeux pour les Groaci, peut - être — tout au plus. S'ils étaient innocents.

"SI!" » s'écria Miss Meuhl .

"Si en effet!" » dit Fith , sa voix faible et tremblante. "Je dois protester contre votre—"

" Sauvez les manifestations, Fith . Vous avez quelques explications à donner. Et je ne pense pas que votre histoire sera assez bonne. "

"C'est à vous de l'expliquer ! Cette personne qui a été battue—"

"Pas battu. J'ai juste frappé plusieurs fois pour lui faire perdre la mémoire."

"Alors tu admets—"

"Ça a marché aussi. Il se souvenait de beaucoup de choses, une fois qu'il y avait réfléchi."

Cinquième rose ; Shluh a emboîté le pas.

"Je demanderai votre rappel immédiat, Monsieur le Consul. Sans votre immunité diplomatique, je ferais plus..."

"Pourquoi le gouvernement est-il tombé, Fith ? C'était juste après la visite de la task force, et avant l'arrivée de la première mission diplomatique terrestre."

"C'est une affaire interne !" s'écria Fith de sa faible voix groacienne . "Le nouveau régime s'est montré très aimable envers vous, Terriens. Il s'est surpassé..."

"... pour garder le consul terrestre et son équipe dans l'ignorance", a déclaré Retief. "Et il en va de même pour les quelques hommes d'affaires terrestres que vous avez visaés. Ce cycle culturel continu, aucun contact social en dehors du cercle diplomatique, aucun permis de voyage pour visiter les régions éloignées ou votre satellite…"

"Assez!" Les mandibules de Fith frémirent de détresse. "Je ne peux plus parler de cette affaire..."

"Vous me parlerez, ou il y aura un groupe de travail ici dans cinq jours pour parler", a déclaré Retief.

"Tu ne peux pas!" Miss Meuhl haleta.

Retief tourna un regard fixe vers Miss Meuhl . Elle ferma la bouche. Le Groaci s'assit.

"Répondez-moi à celle-ci", dit Retief en regardant Shluh. "Il y a quelques années - environ neuf ans, je pense - il y avait un petit défilé ici. Des créatures curieuses ont été capturées. Après avoir été solidement mises en cage, elles ont été exposées au gentil public Groaci. Transportées dans les rues. Très éducatif , non doute. Un spectacle hautement culturel.

"C'est drôle avec ces animaux. Ils portaient des vêtements. Ils semblaient communiquer entre eux. Dans l'ensemble, c'était une exposition très amusante.

"Dis-moi, Shluh, qu'est-il arrivé à ces six Terriens après la fin du défilé ?"

Fith émit un bruit étouffé et parla rapidement à Shluh en groacian . Shluh rétracta les yeux et se recroquevilla sur sa chaise. Miss Meuhl ouvrit la bouche, la referma et cligna rapidement des yeux.

"Comment sont-ils morts ?" » cracha Retief. "Les avez-vous assassinés, leur avez-vous tranché la gorge, leur avez tiré dessus ou les avez-vous enterrés vivants ? Quelle fin amusante leur avez-vous imaginée ? Des recherches, peut-être ? Ouvrez-les pour voir ce qui les a fait crier...."

"Non!" Fith haleta. "Je dois corriger immédiatement cette terrible fausse impression."

"Fausse impression, bon sang", a déclaré Retief. "C'étaient des Terriens ! Un simple narco-interrogatoire permettrait de faire comprendre cela à n'importe quel Groacien ayant vu le défilé."

"Oui," dit faiblement Fith . "C'est vrai, c'étaient des Terriens. Mais il n'y a pas eu de meurtre."

"Ils sont vivants ?"

"Hélas, non. Ils... sont morts."

Miss Meuhl glapit faiblement.

"Je vois", dit Retief. "Ils sont morts."

"Nous avons essayé de les garder en vie, bien sûr. Mais nous ne savions pas quels aliments—"

« Vous n'avez pas pris la peine de le découvrir non plus, n'est-ce pas ?

"Ils sont tombés malades", a déclaré Fith . "Un par un...."

"Nous aborderons cette question plus tard", a déclaré Retief. "Pour l'instant, je veux plus d'informations. Où les avez-vous trouvés ? Où avez-vous caché le navire ? Qu'est-il arrivé au reste de l'équipage ? Est-ce qu'ils sont "tombés malades" avant le grand défilé ?"

"Il n'y en avait plus ! Absolument, je vous l'assure !"

"Tué lors de l'atterrissage en catastrophe ?"

"Pas d'atterrissage en catastrophe. Le vaisseau est descendu intact, à l'est de la ville. Les... Terriens... étaient indemnes. Naturellement, nous les craignions. Ils nous étaient étranges. Nous n'avions jamais vu de tels êtres auparavant."

"Ils sont descendus du navire avec des armes à feu, n'est-ce pas ?"

"Des armes ? Non, pas d'armes—"

"Ils ont levé la main, n'est-ce pas ? Ils ont demandé de l'aide. Vous les avez aidés, vous les avez aidés à mourir."

"Comment pourrions-nous le savoir?" Fith gémit.

" Comment pouviez-vous savoir qu'une flottille arriverait dans quelques mois à leur recherche, vous voulez dire ? Cela a été un choc, n'est-ce pas ? Je parie que vous avez passé un bon moment à cacher le navire et à faire taire tout le monde. . Un coup proche, hein ?

"Nous avions peur", a déclaré Shluh. "Nous sommes un peuple simple. Nous avions peur des étranges créatures des vaisseaux extraterrestres. Nous ne les avons pas tuées, mais nous avons pensé que c'était mieux qu'elles... n'aient pas survécu. Puis, lorsque les navires de guerre sont arrivés, nous avons réalisé notre erreur. Mais nous avons eu peur de parler. Nous avons purgé nos dirigeants coupables, caché ce qui s'était passé et... offert notre amitié. Nous avons invité à l'ouverture des relations diplomatiques. Nous avons commis une erreur, il est vrai, une grande erreur. Mais nous avons essayé pour faire amende honorable...."

"Où est le navire ?"

"Le bateau?"

" Qu'en as-tu fait ? C'était trop gros pour que je puisse partir et l'oublier. Où est-il ? "

Les deux Groaciens échangèrent un regard.

"Nous souhaitons montrer notre contrition", a déclaré Fith . "Nous allons vous montrer le navire."

"Mlle Meuhl ", a déclaré Retief. "Si je ne reviens pas dans un délai raisonnable, transmettez cet enregistrement au siège régional, sous scellé." Il se leva, regarda le Groaci .

"Allons-y", dit-il.

Retief se pencha sous les lourdes poutres qui soutenaient l'entrée de la caverne. Il scruta dans l'obscurité le flanc incurvé de la coque brûlée par l'espace.

« Il y a de la lumière ici ? » Il a demandé.

Un Groacian a lancé un interrupteur. Une faible lueur bleuâtre apparut.

Retief marchait le long de la passerelle en bois surélevée, étudiant le navire. Des emplacements vides béaient sous les yeux du scanner sans lentille . Des terrasses encombrées étaient visibles dans le port d'entrée entrouvert. Près de la proue, les mots « IVS Terrific B7 New Terra » étaient écrits en duralloy chromé brillant .

"Comment l'as-tu introduit ici ?" » demanda Retief.

"Il a été transporté ici depuis le point d'atterrissage, distant d'environ neuf milles", dit Fith , la voix plus ténue que jamais. "Il s'agit d'une crevasse naturelle. Le navire y a été descendu et recouvert d'un toit."

"Comment l'avez-vous protégé pour que les détecteurs ne le détectent pas ?"

"Tout ici est du minerai de fer à haute teneur", a déclaré Fith en agitant un membre. "De grandes veines de métal presque pur."

Retief grogna. "Allons à l'intérieur."

Shluh s'avança avec une lampe à main. Le groupe est entré dans le navire.

Retief escalada une étroite descente et jeta un coup d'œil à l'intérieur du compartiment de commande. La poussière était épaisse sur le pont, sur les chandeliers où les couchettes d'accélération avaient été montées, sur les tableaux de bord vides, sur un tas de boulons cisaillés, de bouts de fil et de papier. Une fine couche de rouille émoussait le métal exposé là où les chalumeaux coupants avaient tranché un lourd blindage. Il y avait une légère odeur de literie rassis.

"Le compartiment à bagages…" commença Shluh.

"J'en ai assez vu", a déclaré Retief.

Silencieusement, les Groaciens ouvrent la voie à travers le tunnel et vers le soleil de fin d'après-midi. Alors qu'ils gravissaient la pente jusqu'au wagon à vapeur, Fith arriva aux côtés de Retief.

"En effet, j'espère que ce sera la fin de cette malheureuse affaire", a-t-il déclaré. "Maintenant que tout a été pleinement et honnêtement démontré—"

"Vous pouvez sauter tout cela", a déclaré Retief. " Vous avez neuf ans de retard. L'équipage était encore en vie lorsque l'équipe spéciale a appelé, j'imagine. Vous les avez tués – ou laissés mourir – plutôt que de prendre le risque d'admettre ce que vous aviez fait. "

"Nous étions en faute", a déclaré Fith abjectement. "Maintenant, nous ne souhaitons que l'amitié."

"Le *Terrific* était un croiseur lourd, d'environ vingt mille tonnes." Retief regarda d'un air sombre le mince fonctionnaire du ministère des Affaires étrangères. "Où est-elle, Fith ? Je ne me contenterai pas d'un canot de sauvetage de cent tonnes."

Fith dressa ses tiges oculaires si violemment qu'une de ses protections oculaires tomba.

"Je ne sais rien de… de…" Il s'arrêta. Sa gorge vibrait rapidement alors qu'il luttait pour retrouver son calme.

"Mon gouvernement ne peut plus recevoir d'autres accusations, Monsieur le Consul", dit-il enfin. "J'ai été tout à fait franc avec vous, j'ai négligé vos investigations sur des questions qui ne relèvent pas correctement de votre sphère de responsabilité. Ma patience est à bout."

« Où est ce navire ? » Retief a frappé. "Tu n'apprends jamais, n'est-ce pas ? Tu es toujours convaincu que tu peux tout cacher et l'oublier. Je te dis que tu ne peux pas."

"Nous retournons en ville maintenant", a déclaré Fith . "Je n'en peux plus."

"Vous pouvez et vous le ferez, Fith ", a déclaré Retief. "J'ai l'intention de découvrir la vérité sur cette affaire."

Fith a parlé à Shluh en groacian rapide . Le chef de la police a fait signe à ses quatre agents armés. Ils ont décidé d'appeler Retief.

Retief regarda Fith . "N'essayez pas", dit-il. "Vous allez juste vous enfoncer plus profondément."

Fith fit claquer ses mandibules avec colère, les tiges des yeux inclinées de manière agressive vers le Terrestre.

"Par respect pour votre statut diplomatique, Terrestre, j'ignorerai vos remarques insultantes," dit Fith de sa voix rauque. "Revenons maintenant à la ville."

Retief regarda les quatre policiers. "Je comprends votre point de vue", dit-il.

Fith le suivit dans la voiture, assis rigidement à l'extrémité du siège.

"Je vous conseille de rester très près de votre consulat", a déclaré Fith . "Je vous conseille d'écarter ces fantaisies de votre esprit et de profiter des aspects culturels de la vie à Groac . Surtout, je ne devrais pas m'aventurer hors de la ville, ni paraître trop curieux sur des sujets qui ne concernent que le gouvernement Groacian ."

Sur le siège avant, Shluh regardait droit devant lui. Le véhicule aux suspensions lâches se balançait le long de l'étroite route. Retief écouta le souffle rythmé du moteur et ne dit rien.

<hr>

III

"Mlle Meuhl ," dit Retief, "je veux que vous écoutiez attentivement ce que je vais vous dire. Je dois agir rapidement maintenant, pour prendre les Groaci au dépourvu."

"Je suis sûre que je ne sais pas de quoi vous parlez", a lancé Miss Meuhl , les yeux perçants derrière les lourdes lentilles.

"Si vous écoutez, vous le découvrirez peut-être", a déclaré Retief. "Je n'ai pas de temps à perdre, Miss Meuhl . Ils ne s'attendront pas à une décision immédiate, je l'espère, et cela pourrait me donner la latitude dont j'ai besoin."

"Vous êtes toujours déterminé à faire état de cet incident !" Miss Meuhl renifla. "Je peux vraiment difficilement blâmer les Groaci . Ce n'est pas une race sophistiquée ; ils n'avaient jamais rencontré d'extraterrestres auparavant."

"Vous êtes prête à pardonner beaucoup, Miss Meuhl . Mais ce qui s'est passé il y a neuf ans ne m'inquiète pas. C'est ce qui se passe maintenant. Je vous ai dit que ce n'était qu'un canot de sauvetage que les Groaci avaient caché. Ne comprenez-vous pas l'implication ? Ce navire n'a pas pu aller loin. Le croiseur lui-même doit être quelque part à proximité . Je veux savoir où !

"Les Groaci ne le savent pas. C'est un peuple très cultivé et doux. Vous pouvez nuire irréparablement à la réputation des Terriens si vous insistez..."

"C'est ma décision", a déclaré Retief. "J'ai un travail à faire et nous perdons du temps." Il traversa la pièce jusqu'à son bureau, ouvrit un tiroir et en sortit une aiguillette à canon fin.

"Ce bureau est surveillé. Pas très efficacement, si je connais les Groaci . Je pense que je peux les contourner sans problème."

"Où vas-tu avec... ça ?" Miss Meuhl regarda l'aiguilleur. "Que diable—"

"Les Groaci ne perdront pas de temps à détruire chaque morceau de papier de leurs dossiers concernant cette affaire. Je dois obtenir ce dont j'ai besoin avant qu'il ne soit trop tard. Si j'attends une commission d'enquête officielle, ils ne trouveront que des blancs. des sourires."

"Vous êtes hors de votre esprit!" Miss Meuhl se leva, frémissante d'indignation. "Tu es comme un... un..."

"Vous et moi sommes dans une situation difficile, Miss Meuhl . La prochaine étape logique pour les Groaci est de se débarrasser de nous deux. Nous sommes les seuls à savoir ce qui s'est passé. Fith a presque fait le travail cet après-midi, mais j'ai bluffé. lui dehors... pour le moment."

Miss Meuhl émit un rire aigu. "Vos fantasmes prennent le dessus sur vous", haleta-t-elle. "En danger, en effet ! Se débarrasser de moi ! Je n'ai jamais rien entendu d'aussi ridicule."

"Restez dans ce bureau. Fermez et verrouillez la porte. Vous avez de la nourriture et de l'eau dans le distributeur. Je vous suggère de faire des provisions, avant qu'ils ne coupent l'approvisionnement. Ne laissez entrer personne, sous quelque prétexte que ce soit. Je resterai en contact avec vous par téléphone portable."

"Qu'as-tu prévu de faire?"

"Si je ne reviens pas ici, transmettez le compte rendu scellé de la conversation de cet après-midi, ainsi que les informations que je vous ai données. Transmettez-le sur une priorité Mayday. Ensuite, dites au Groaci ce que vous avez fait et restez tranquille . " Je pense que tout ira bien. Ce ne sera pas facile de faire exploser ici et de toute façon, ils n'aggraveront pas les choses en vous tuant. Une force peut être là dans une semaine. "

"Je ne ferai rien de tout cela ! Les Groaci m'aiment beaucoup ! Vous... Johnny, arrivé dernièrement ! Roughneck ! Vous partez à la destruction... "

"Blâmez-moi si cela peut vous aider à vous sentir mieux", a déclaré Retief, "mais ne soyez pas assez stupide pour leur faire confiance." Il enfila une cape, ouvrit la porte.

"Je serai de retour dans quelques heures", a-t-il déclaré. Miss Meuhl le regardait silencieusement tandis qu'il fermait la porte.

Il était une heure avant l'aube lorsque Retief saisit la combinaison du coffre-fort et entra dans le bureau consulaire sombre. Il avait l'air fatigué.

Mademoiselle Meuhl , assoupie sur une chaise, se réveilla en sursaut. Elle regarda Retief, se leva, alluma une lumière et se tourna pour le regarder.

"Que diable... Où étais-tu ? Qu'est-il arrivé à tes vêtements ?"

"Je me suis un peu sali. Ne t'inquiète pas pour ça." Retief se dirigea vers son bureau, ouvrit un tiroir et replaça l'aiguilleteuse.

"Où étais-tu?" » demanda Miss Meuhl . "Je suis resté ici—"

"Je suis content que vous l'ayez fait", a déclaré Retief. « J'espère que vous avez également accumulé une réserve de nourriture et d'eau provenant du distributeur. Nous allons rester ici pendant au moins une semaine. Il a noté des chiffres sur un bloc-notes. "Réchauffez l'expéditeur officiel. J'ai une longue transmission pour le siège régional."

"Vas-tu me dire où tu étais?"

"J'ai un message à transmettre en premier, Miss Meuhl ", dit sèchement Retief. "Je suis allé au ministère des Affaires étrangères", a-t-il ajouté. "Je te raconterai tout plus tard."

"A cette heure-là ? Il n'y a personne..."

"Exactement."

Miss Meuhl haleta. "Vous voulez dire que vous êtes entré par effraction ? Vous avez cambriolé le ministère des Affaires étrangères ?"

"C'est vrai", dit calmement Retief. "Maintenant-"

"C'est absolument la fin !" » dit Mlle Meuhl . "Dieu merci, j'ai déjà—"

« Lancez cet expéditeur, femme ! » cracha Retief. "C'est important."

"Je l'ai déjà fait, M. Retief !" Dit durement Miss Meuhl . "J'attendais que tu reviennes ici…" Elle se tourna vers le communicateur et actionna les leviers. L'écran s'éclaira et une image vacillante à longue distance apparut.

"Il est là maintenant", dit Miss Meuhl à l'écran. Elle regarda Retief triomphalement.

"C'est bien", a déclaré Retief. "Je ne pense pas que le Groaci puisse nous faire disparaître des ondes, mais—"

"J'ai fait mon devoir, M. Retief", a déclaré Miss Meuhl . " J'ai fait un rapport complet au quartier général régional hier soir, dès que vous avez quitté ce bureau. Tous les doutes que j'ai pu avoir quant au bien-fondé de cette décision ont été complètement dissipés par ce que vous venez de me dire. "

Retief la regarda calmement. "Vous avez été une fille occupée, Miss Meuhl . Avez-vous mentionné les six Terriens qui ont été tués ici ?"

"Cela n'a aucune incidence sur votre comportement sauvage ! Je dois dire qu'au cours de toutes mes années dans le Corps, je n'ai jamais rencontré de personnalité moins adaptée au travail diplomatique."

L'écran crépita, le délai de transmission de dix secondes étant écoulé. "M. Retief", disait le visage à l'écran, "je suis le conseiller Pardy , DSO-1, sous-secrétaire adjoint pour la région. J'ai reçu un rapport sur votre conduite qui m'oblige à vous relever administrativement, vice-Mlle Yolanda Meuhl , DAO-9. En attendant les conclusions d'une commission d'enquête, vous allez... "

Retief tendit la main et décrocha le communicateur. L'air triomphant disparut du visage de Miss Meuhl .

"Eh bien, quel est le sens—"

"Si j'avais écouté plus longtemps, j'aurais peut-être entendu quelque chose que je ne pouvais pas ignorer. Je ne peux pas me le permettre en ce moment. Écoutez, Miss Meuhl ," poursuivit Retief avec sérieux, "J'ai trouvé le croiseur disparu. ".

"Tu l'as entendu te soulager !"

"Je l'ai entendu dire qu'il allait le *faire* , Miss Meuhl . Mais tant que j'ai entendu et reconnu un ordre verbal, il n'a aucune force. Si je me trompe, il obtiendra ma démission. Si j'ai raison, cela une suspension serait embarrassante pour tout le monde."

"Vous défiez l'autorité légale ! C'est moi qui commande ici maintenant." Miss Meuhl s'est dirigée vers le communicateur local.

"Je vais immédiatement signaler cette chose terrible aux Groaci et offrir mon profond—"

"Ne touchez pas cet écran", a déclaré Retief. "Va t'asseoir dans ce coin où je peux garder un œil sur toi. Je vais faire une cassette scellée à transmettre au quartier général, avec un appel à une force opérationnelle armée. Ensuite, nous nous installerons pour attendre."

Retief ignora la fureur de Miss Meuhl tandis qu'il parlait dans l'enregistreur.

Le communicateur local sonna. Miss Meuhl se leva d'un bond et le regarda.

"Allez-y", a déclaré Retief. "Répondez-y."

Un responsable groacien est apparu à l'écran.

" Yolanda Meuhl ", a-t-il dit sans préambule, " au nom du Ministre des Affaires étrangères de l' Autonomie Groacienne , je vous accrédite par la présente comme Consul Terrestre à Groac , conformément aux avis transmis à mon gouvernement directement du Quartier Général Terrestre. En tant que consul, vous êtes demandé de mettre à disposition pour interrogatoire M. J. Retief, ancien consul, en relation avec l'agression de deux soldats de la paix et l'entrée illégale dans les bureaux du ministère des Affaires étrangères.

"Pourquoi, pourquoi", balbutia Miss Meuhl . "Oui, bien sûr. Et je tiens à exprimer mes plus profonds regrets—"

Retief se leva, se dirigea vers le communicateur et aida Mlle Meuhl à s'écarter.

"Écoutez attentivement, Fith ", dit-il. "Votre bluff a été appelé. Vous n'entrez pas et nous ne sortons pas. Votre camouflage a fonctionné pendant neuf ans, mais tout est fini maintenant. Je vous suggère de garder la tête froide et de résister à la tentation d'aggraver les choses. sont."

" Mademoiselle Meuhl , " dit Fith , " une escouade de la paix attend devant votre consulat. Il est clair que vous êtes entre les mains d'un dangereux fou. Comme toujours, les Groaci ne souhaitent que l'amitié avec les Terrestres, mais... "

"Ne vous embêtez pas", a déclaré Retief. "Vous savez ce qu'il y avait dans ces dossiers que j'ai consultés ce matin."

Retief se retourna en entendant un bruit derrière lui. Miss Meuhl était à la porte, cherchant le déverrouillage du coffre-fort...

"Ne le faites pas!" Retief sursauta – trop tard.

La porte s'est ouverte vers l'intérieur. Une foule de Groaci huppés se pressa dans la pièce, repoussa Miss Meuhl et pointa des fusils dispersés sur Retief. Le chef de la police Shluh s'est avancé.

"Ne tentez aucune violence, Terrestre", dit-il. "Je ne peux pas promettre de retenir mes hommes."

"Vous violez le territoire terrestre, Shluh," dit Retief d'un ton ferme. "Je vous suggère de repartir de la même manière que vous êtes entré."

"Je les ai invités ici", dit Miss Meuhl . "Ils sont ici à ma demande expresse."

"Vraiment ? Etes-vous sûre de vouloir aller jusqu'ici, Miss Meuhl ? Une escouade de Groaci armés au consulat ?"

"Vous êtes le consul, Miss Yolanda Meuhl ", a déclaré Shluh. « Ne serait-il pas préférable que nous emmenions cette personne dérangée dans un lieu sûr ? »

"Tu fais une grave erreur, Shluh", a déclaré Retief.

"Oui", dit Miss Meuhl . "Vous avez tout à fait raison, M. Shluh. Veuillez escorter M. Retief jusqu'à ses quartiers dans ce bâtiment—"

"Je ne vous conseille pas de violer mon immunité diplomatique, Fith ", a déclaré Retief.

dit rapidement Mlle Meuhl , "je renonce par la présente à l'immunité dans le cas de M. Retief."

Shluh a sorti un enregistreur à main. "Veuillez réitérer officiellement votre déclaration, Madame," dit-il. "Je souhaite qu'aucune question ne se pose plus tard."

"Ne sois pas idiote, femme", dit Retief. "Tu ne vois pas dans quoi tu te lances ? Ce serait le moment idéal pour découvrir de quel côté tu es."

"Je suis du côté de la décence commune !"

"Vous avez été trompé. Ces gens cachent—"

« Vous pensez que toutes les femmes sont idiotes, n'est-ce pas, M. Retief ? Elle s'est tournée vers le chef de la police et a parlé dans le microphone qu'il tenait.

"C'est une renonciation illégale", a déclaré Retief. "Je suis consul ici, quelles que soient les rumeurs que vous ayez entendues. Cette affaire sera révélée au grand jour, quoi que vous fassiez. N'ajoutez pas la violation du Consulat à la liste des atrocités groaciennes ."

"Prenez l'homme", dit Shluh.

Deux grands Groaci s'approchèrent de Retief, leurs armes pointées sur sa poitrine.

« Vous êtes déterminés à vous pendre, n'est ce pas ? dit Retief. "J'espère que vous avez assez de bon sens pour ne pas mettre la main sur ce pauvre imbécile." Il montra du pouce Mlle Meuhl . "Elle ne sait rien. Je n'ai pas encore eu le temps de lui dire. Elle pense que tu es une bande d'anges."

Le flic à côté de Retief balança la crosse de son pistolet à dispersion, solidement attaché à la mâchoire de Retief. Retief chancela contre un Groacian , fut rattrapé et redressé, le sang coulant sur sa chemise. Miss Meuhl a crié. Shluh aboya contre le garde dans un Groacian strident , puis se tourna pour regarder Miss Meuhl .

« Que vous a dit cet homme ?

"Je... rien. J'ai refusé d'écouter ses délires."

"Il ne vous a rien dit au sujet d'une... prétendue... implication ?"

"Je t'ai dit!" » dit brusquement Miss Meuhl . Elle regarda le sang sur la chemise de Retief.

"Il ne m'a rien dit", murmura-t-elle. "Je le jure."

"Laissons tomber, les garçons", a déclaré Retief. "Avant de gâcher cette bonne impression."

Shluh regarda Miss Meuhl pendant un long moment. Puis il se tourna.

"Allons-y", dit-il. Il se tourna vers Miss Meuhl . "Ne quittez pas ce bâtiment jusqu'à nouvel ordre", a-t-il déclaré.

"Mais... je suis le consul terrestre !"

"Pour votre sécurité, Madame. Les gens sont excités par le passage à tabac des ressortissants groaciens par un... extraterrestre."

"Au revoir, Meuhlsie ", a déclaré Retief. "Tu l'as vraiment joué."

"Vous allez... l'enfermer dans ses quartiers ?" » dit Mlle Meuhl .

"Ce qui est fait avec lui est maintenant une affaire groacienne , Miss Meuhl . Vous-même avez retiré la protection de votre gouvernement."

"Je ne voulais pas—"

"Ne commencez pas à avoir des doutes", a déclaré Retief. "Ils peuvent vous rendre malheureux."

"Je n'avais pas le choix", a déclaré Mlle Meuhl . "Je devais considérer le meilleur intérêt du Service."

"C'est mon erreur, je suppose", a déclaré Retief. "Je pensais aux meilleurs intérêts d'un croiseur terrestre avec trois cents hommes à son bord."

"Assez", dit Shluh. "Supprimez ce criminel." Il a fait signe aux gardiens de la paix.

"Continuez", dit-il à Retief. Il se tourna vers Miss Meuhl .

"C'est un plaisir de traiter avec vous, Madame."

IV

Retief resta tranquillement dans l'ascenseur, descendit au rez-de-chaussée et suivit docilement le couloir et le trottoir jusqu'à un wagon à vapeur qui l'attendait.

L'un des gardiens de la paix a contourné le véhicule pour entrer de l'autre côté. Deux d'entre eux se penchèrent pour monter sur le siège avant. Shluh fit signe à Retief de s'asseoir sur la banquette arrière et se plaça derrière lui. Les autres sont repartis à pied.

La voiture démarra et s'éloigna. Le flic assis sur le siège avant se tourna vers Retief.

"Faire du sport avec, puis le tuer", a-t-il déclaré.

"Il faut d'abord avoir un procès équitable", a déclaré Shluh. La voiture se balançait et sautait, contournait un virage, roulait entre des façades pastel ornées.

"Pour faire un essai et ensuite faire un peu de sport", a expliqué le flic.

"Pour sucer les œufs dans votre propre colline", a déclaré Retief. "Commettre une autre erreur stupide."

Shluh leva sa courte massue de cérémonie et frappa Retief à travers la tempe. Retief secoua la tête, tendu…

Le flic assis sur le siège avant à côté du conducteur s'est retourné et a enfoncé le canon de son pistolet à dispersion contre les côtes de Retief.

"Ne bouge pas, étranger", dit-il. Shluh leva sa massue et frappa à nouveau prudemment Retief. Il s'est effondré.

La voiture a tangué, a pris un autre virage. Retief se glissa contre le chef de la police.

"Pour défendre cet animal…" commença Shluh. Sa voix faible fut coupée lorsque la main de Retief jaillit, le prit par la gorge et le projeta au sol. Alors que le garde à gauche de Retief se précipitait, Retief lui a donné un coup supérieur, lui cognant la tête contre le montant de la porte. Il attrapa le pistolet à dispersion alors qu'il tombait et l'enfonça dans les mandibules du Groacian assis sur le siège avant.

« Placez votre pistolet à éclats sur le siège – avec précaution – et laissez-le tomber », a-t-il déclaré.

Le conducteur freina brusquement et se retourna pour lever son arme. Retief frappa le canon de son arme contre la tête du Groacian devant lui, puis pivota pour le pointer sur le conducteur.

"Pour garder les yeux sur la route", a-t-il déclaré. Le conducteur saisit la barre et se blottit contre la vitre, observant Retief d'un œil et conduisant de l'autre.

"Pour tirer sur cette chose", a déclaré Retief. "Pour continuer à avancer."

Shluh remua sur le sol. Retief posa un pied sur lui, le repoussa. Le flic à côté de Retief bougea. Retief le poussa du siège et le fit tomber au sol.

Il tenait le pistolet à dispersion d'une main et essuyait le sang sur son visage de l'autre. La voiture bondit sur le revêtement irrégulier de la route, soufflant furieusement.

"Ta mort ne sera pas facile, Terrestre", dit Shluh en terrien.

"Je ne peux pas aider plus facilement", a déclaré Retief. "Tais-toi pour l'instant, je veux réfléchir."

La voiture dépassa les derniers monticules recouverts de relief et fila à toute allure entre les champs labourés.

"Ralentissez", a déclaré Retief. Le chauffeur obéit.

"Prenez cette route secondaire."

La voiture a heurté une surface non pavée et s'est frayée un chemin parmi les hautes tiges.

"Arrêtez ici." La voiture s'est arrêtée. Il se détendit et trembla tandis que le moteur chaud tournait au ralenti.

Retief ouvrit la porte et ôta son pied de Shluh.

"Asseyez-vous", ordonna-t-il. "Vous deux devant, écoutez attentivement." Shluh s'assit en se frottant la gorge.

"Vous êtes trois à sortir d'ici", a déclaré Retief. "Le bon vieux Shluh va rester dans les parages pour conduire à ma place. Si j'ai le sentiment nerveux que les flics sont après moi, je le jetterai dehors pour les confondre. Ce sera assez compliqué, à grande vitesse. Chut, dis ". "

"Pour te faire éclater la gorge, bête malodorante !" Chut siffla.

"Désolé, je n'en ai pas." Retief a mis le pistolet sous l'oreille de Shluh. " Dis -leur, Chut. Je peux conduire moi-même, à la rigueur. "

"Faire ce que dit l'étranger; rester caché jusqu'à la nuit tombée", a déclaré Shluh.

"Tout le monde dehors", a déclaré Retief. "Et prends ça avec toi." Il poussa Groacian inconscient . "Chut, prenez le volant. Vous autres, restez là où je peux vous voir."

Retief regarda les Groaci suivre silencieusement les instructions.

"Très bien, Shluh," dit doucement Retief. "Allons-y. Emmenez-moi au port spatial de Groac par le chemin le plus court qui ne traverse pas la ville. Et faites très attention aux mouvements brusques."

Quarante minutes plus tard, Shluh a dirigé la voiture jusqu'à la porte gardée par des sentinelles dans la barrière de sécurité entourant l'enceinte militaire du port spatial de Groac .

"Ne cédez à aucune impulsion irréfléchie", murmura Retief alors qu'un soldat Groacian à crête arrivait. Shluh râpa ses mandibules avec une fureur impuissante.

"Maître des drones Shluh, Sécurité intérieure", croassa-t-il. Le garde leva les yeux vers Retief.

"L'invité de l'Autonomie", a ajouté Shluh. "Pour me laisser passer ou pourrir ici, imbécile ?"

"Pour passer, Drone-master", marmonna la sentinelle. Il regardait toujours Retief alors que la voiture s'éloignait par saccades.

"Vous êtes maintenant pratiquement coincé sur la colline dans les fosses de plaisir, Terrestre", a déclaré Shluh en Terran. "Pourquoi vous aventurez-vous ici ?"

"Garnez-vous là-bas, à l'ombre de la tour et arrêtez-vous", a déclaré Retief.

Shluh obéit. Retief étudia la rangée de quatre navires élancés garés sur la rampe, leurs feux de navigation se détachant sur les couleurs du ciel de l'aube.

"Lequel de ces bateaux est prêt à décoller ?" » demanda Retief.

Shluh lança un regard colérique.

"Ce sont toutes des navettes ; elles n'ont aucune portée. Elles ne vous aideront pas."

"Pour répondre à la question, Shluh, ou pour avoir une autre claque sur la tête."

"Vous n'êtes pas comme les autres Terriens ! Vous êtes un chien enragé !"

"Nous ferons une esquisse de mon personnage plus tard. Sont-ils tous pleins de carburant ? Vous connaissez les procédures ici. Est-ce que ces navettes viennent juste d'arriver, ou est-ce que c'est la file d'attente ?"

"Oui. Tous sont ravitaillés et prêts à décoller."

"J'espère que tu as raison, Shluh. Toi et moi allons y aller en voiture et monter dans un véhicule ; si ça ne se soulève pas, je te tuerai et j'essaierai le suivant. Allons-y."

"Vous êtes fou ! Je vous l'ai dit : ces bateaux n'ont pas une capacité supérieure à dix mille tonnes-secondes. Ils ne sont utiles que pour les satellites."

"Peu importe les détails. Essayons le premier en ligne."

Shluh relâcha l'embrayage et la voiture à vapeur tinta et se souleva, roulant vers la file de bateaux.

"Pas le premier sur la liste", dit soudain Shluh. "Le dernier est le plus susceptible d'être alimenté. Mais—"

"Sauterelle intelligente", a déclaré Retief. "Arrêtez-vous jusqu'au port d'entrée, descendez et montez tout droit. Je serai juste derrière vous."

"Le garde de la passerelle . Le défi de—"

"Plus de détails. Jetez-lui simplement un regard noir et dites ce qui est nécessaire. Vous connaissez la technique."

La voiture passe sous la poupe du premier bateau, puis du second. Il n'y a pas eu d'alarme. Il contourna le troisième et s'arrêta en frissonnant près du port ouvert du dernier navire.

"Dehors", a déclaré Retief. "Pour que ce soit vif."

Shluh sortit de la voiture, hésita lorsque le garde se présenta au garde-à-vous, puis lui siffla dessus et monta les marches. Le garde regarda Retief avec étonnement, les mandibules relâchées.

"Un étranger !" il a dit. Il dégaina son pistolet à dispersion. "Arrêter ici, visage de viande."

Shluh se figea, se tourna.

« Pour attirer l'attention, compagnon de portée des drones ! » » Retief râla en Groacian . Le garde sursauta, agita ses yeux et se mit au garde-à-vous.

« À propos du visage ! » siffla Retief. « Foutez le camp d'ici ! Marchez ! »

Le garde traversa la rampe d'un pas lourd. Retief gravit les marches deux à deux et ferma le port derrière lui.

"Je suis content que vos garçons aient un peu de discipline, Shluh", a déclaré Retief. "Qu'est-ce que tu lui as dit?"

"Je mais—"

"Peu importe. Nous y sommes. Montez jusqu'au compartiment de contrôle."

« Que savez-vous des navires de guerre groaciens ?

"Beaucoup. Ceci est une copie directe du canot de sauvetage que vous avez détourné, les gars. Je peux le gérer. Allez-y."

Retief suivit Shluh dans la descente jusqu'à la salle de contrôle exiguë.

"Attachez-vous, Shluh," ordonna Retief.

"C'est insensé!" » dit Chuh. "Nous n'avons que suffisamment de carburant pour un transit aller simple vers le satellite. Nous ne pouvons pas entrer en orbite, ni atterrir à nouveau ! Soulever ce bateau, c'est la mort, à moins que votre destination ne soit notre lune."

"La lune est couchée, Shluh", dit Retief. "Et nous aussi. Mais pas pour longtemps. Attachez-vous."

"Lâchez-moi", haleta Shluh. "Je vous promets l'immunité."

"Si je dois t'attacher moi-même, je pourrais te pencher la tête dans le processus."

Shluh rampa sur le canapé, attachée.

"Abandonnez", a-t-il dit. "Je veillerai à ce que vous soyez réintégré... avec honneur ! Je vous garantirai un sauf-conduit."

"Compte à rebours", a déclaré Retief. Il a lancé le pilote automatique.

"C'est la mort !" Shluh a crié.

Les gyroscopes bourdonnaient ; les minuteries ont coché ; relais fermés. Retief était allongé, détendu, sur le coussin d'accélération. Shluh respirait bruyamment, ses mandibules claquant rapidement.

"Que j'avais fui à temps", dit Shluh dans un murmure rauque. "Ce n'est pas une bonne mort..."

"Aucune mort n'est une bonne mort", a déclaré Retief. "Pas encore depuis un moment." La lumière rouge s'alluma au centre du panneau et brusquement le son remplit l'univers. Le navire trembla, se souleva.

Retief pouvait entendre les gémissements de Shluh même à travers le rugissement de la voiture.

"Périhélie", dit Shluh d'un ton sourd. "Commencer maintenant le long repli."

"Pas tout à fait", a déclaré Retief. "J'estime qu'il reste quatre-vingt-cinq secondes." Il scruta les instruments en fronçant les sourcils.

"Bien sûr, nous n'atteindrons pas la surface", a déclaré Shluh en terrien. "Les points sur l'écran sont des missiles. Nous avons rendez-vous dans l'espace, Retief. Dans ta folie, puisses-tu être content."

"Ils sont quinze minutes derrière nous, Shluh. Ta défense est lente."

"Ne vous enfouissez plus jamais dans les sables gris de Groac ", a déclaré Shluh.

Les yeux de Retief étaient fixés sur un cadran.

"N'importe quand maintenant," dit-il doucement. Shluh comptait ses tiges oculaires.

"Que cherchez-vous?"

Retief se raidit.

"Regardez l'écran", dit-il. Chut regarda. Un point lumineux, décentré, se déplaçant rapidement à travers la grille....

"Quoi-"

"Plus tard!"

Shluh regarda les yeux de Retief passer d'une aiguille à l'autre.

"Comment...."

"Pour le bien de ton propre cou, Shluh," dit Retief, "tu ferais mieux d'espérer que ça marche." Il a retourné la clé d'envoi.

"2396 TR-42 G, ici le Consul Terrestre à Groac , à bord du Groac 902, vous dirigeant vers un repère MP du 91/54/94. Pouvez-vous me lire ? Terminé."

"De quel geste désespéré s'agit-il ?" Chuchota Chut. "Tu pleures dans le vide la nuit !"

"Boutonnez vos mandibules", claqua Retief en écoutant. Il y eut un léger bourdonnement de bruit de fond stellaire. Retief réitéra son appel et attendit.

"Peut-être qu'ils entendent mais ne peuvent pas répondre", marmonna-t-il. Il a retourné la clé.

"2396, tu as vingt secondes pour braquer un rayon tracteur sur moi, ou je te dépasserai comme un verre de rhum devant le pont d'un marin..."

"Pour appeler dans le vide !" » dit Chuh. "À-"

"Regardez l'écran DV."

Shluh tourna la tête et regarda. Sur fond de brume d'étoiles, une forme se profilait, sombre et inerte.

"C'est... un navire !" » dit Chuh. "Un vaisseau monstre !"

"C'est elle", a déclaré Retief. "Neuf ans et quelques mois hors de New Terra pour une mission de cartographie de routine. Le croiseur disparu : l'IVS *Terrific* ."

"Impossible!" Chut siffla. "La coque oscille sur une orbite cométaire profonde."

"Bien. Et maintenant, il se rapproche de Groac ."

"Vous pensez faire correspondre les orbites avec les abandonnés ? Sans électricité ? Notre réunion sera violente, si telle est votre intention."

"Nous ne frapperons pas ; nous ferons notre passe à environ cinq mille mètres."

"Dans quel but, Terrestre ? Vous avez retrouvé votre vaisseau perdu. Et alors ? Cet aperçu vaut-il la peine de mourir ?"

"Peut-être qu'ils ne sont pas morts", a déclaré Retief.

"Pas mort?" Shluh est tombé dans Groacian . "Être mort dans le terrier de sa jeunesse. M'être brisé la gorge avant de m'embarquer avec un extraterrestre fou pour appeler les morts."

"2396, rends-le vif", a appelé Retief. L'orateur crépita inconsidérément. L'image sombre sur l'écran dérivait, diminuant maintenant.

"Neuf ans, et le fou parle comme à des amis", s'est exclamé Shluh. "Neuf ans morts, et encore à les chercher."

" Encore vingt secondes, " dit doucement Retief, " et nous sommes hors de portée. Regardez vivants, les garçons. "

« Était-ce votre plan, Retief ? » demanda Shluh en terrien. "Avez-vous fui Groac et tout risqué sur ce mince fil ?"

"Combien de temps aurais-je passé dans l'une de vos prisons de Groaci ?"

"Longtemps, longtemps, mon Retief", siffla Shluh, "sous la lame d'un artiste."

Brusquement, le navire trembla, parut traîner, faisant rouler les deux passagers dans leurs couchettes. Shluh siffla tandis que le harnais de retenue le transperçait. Le bateau-navette pivotait lourdement et se renversait. Des forces d'accélération écrasantes se sont créées. Shluh haleta et cria d'une voix stridente.

"Qu'est-ce que c'est?"

"On dirait", a déclaré Retief, "comme si nous avions eu un peu de chance."

"Lors de notre deuxième passage", a déclaré l'officier au visage décharné, "ils ont lâché quelque chose. Je ne sais pas comment cela a pu passer à travers nos écrans. Il s'est enfoncé dans la poupe et a coupé le tuyau principal. J'ai lancé pleine puissance aux boucliers d'urgence et diffuser notre identification sur un scatter qui aurait dû toucher tous les récepteurs dans un parsec. Rien. Puis l'émetteur a explosé. J'ai été idiot de faire descendre le bateau mais je ne pouvais pas y croire, d'une manière ou d'une autre. .."

"D'une certaine manière, c'est une chance que vous l'ayez fait, Capitaine. C'était ma seule piste."

"Ils ont ensuite essayé de nous achever. Mais avec toute la puissance des écrans, rien de ce qu'ils avaient n'a pu passer. Ils nous ont ensuite appelés à nous rendre."

Retief hocha la tête. "Je suppose que tu n'as pas été tenté ?"

"Plus que vous ne le pensez. Notre premier circuit a été long. Puis, en revenant, nous avons pensé que nous allions toucher. En dernier recours, j'aurais coupé l'alimentation des écrans et essayé d'ajuster l'orbite avec Les jets de direction. Mais le bombardement était assez intense ; je ne pense pas que nous aurions réussi. Ensuite, nous sommes passés devant et sommes repartis. Nous avons un délai de trois ans . Ne pensez pas que je n'ai pas pensé abandonner."

"Pourquoi tu ne l'as pas fait ?"

"Les informations dont nous disposons sont importantes. Nous avons beaucoup de provisions à bord. Assez pour encore dix ans, si nécessaire. Tôt ou tard, je savais que le commandement de recherche nous trouverait."

Retief s'éclaircit la gorge. "Je suis content que vous ayez tenu bon, Capitaine. Même un monde reculé comme Groac peut tuer beaucoup de gens lorsqu'il devient fou."

"Ce que je ne savais pas", poursuivit le capitaine, "c'est que nous ne sommes pas sur une orbite stable. Nous allons frôler l'atmosphère assez profondément dans cette passe, et dans soixante jours nous serions de retour pour rester." . Je suppose que le Groaci serait prêt pour nous.

"Pas étonnant qu'ils aient été si serrés", a déclaré Retief. "Ils étaient presque hors d'état de nuire."

"Et vous êtes là maintenant", dit le capitaine. "Neuf ans, et nous n'avons pas été oubliés. Je savais que nous pouvions compter sur—"

"C'est fini maintenant, Capitaine", dit Retief. "C'est ce qui compte."

"À la maison", dit le capitaine. "Après neuf ans..."

"J'aimerais jeter un oeil aux films que vous avez mentionnés", a déclaré Retief. "Ceux qui montrent les installations sur le satellite."

Le capitaine obéit. Retief regarda la scène se dérouler, montrant la surface sombre de la petite lune telle que le *Terrific* l'avait vue neuf ans auparavant.

En noir et blanc, des rangées de coques identiques projetaient de longues ombres sur la surface métallique piquée du satellite. Retief siffla.

"Ils avaient une petite surprise en réserve. Votre visite a dû les paniquer."

"Ils devraient être prêts à partir maintenant. Neuf ans..."

"Tenez la photo", dit soudain Retief. "Qu'est-ce que c'est que cette ligne noire irrégulière traversant la plaine là-bas ?"

"Je pense que c'est une fissure. La structure cristalline—"

"J'ai ce qui pourrait être une idée", a déclaré Retief. "J'ai jeté un œil à certains dossiers classifiés hier soir, au ministère des Affaires étrangères. L'un d'entre eux était un rapport d'avancement sur un stock de produits fissiles. Cela n'avait pas beaucoup de sens à l'époque. Maintenant, je comprends. Quel est le "nord" bout de cette crevasse ? »

"En haut de la photo."

"À moins que je me trompe lourdement, c'est là que se trouve le dépôt de bombes. Les Groaci aiment cacher les choses sous terre. Je me demande quel serait l'effet d'un coup direct avec un missile de cinquante mégatonnes ?"

"S'il s'agit d'un dépôt de munitions", a déclaré le capitaine, "c'est une expérience que j'aimerais tenter."

"Pouvez-vous le frapper?"

"J'ai cinquante missiles lourds à bord. Si je les tire en séquence directe, cela devrait saturer les défenses. Oui, je peux les toucher."

"La portée n'est pas trop grande ?"

"Ce sont les modèles de luxe ", sourit le capitaine d'un air sinistre. "Conseil vidéo. Nous pourrions les emmener dans un bar et les garer sur un tabouret."

"Que dirais-tu d'essayer ?"

"Cela faisait longtemps que je voulais une cible solide", a déclaré le capitaine.

Retief fit un signe de la main vers l'écran.

"Ce nuage de poussière en expansion était le satellite de Groac , Shluh", a-t-il déclaré. "On dirait que quelque chose lui est arrivé."

Le chef de la police a regardé la photo.

"Dommage", a déclaré Retief. "Mais alors, ça n'avait aucune importance, n'est-ce pas, Shluh ?"

Shluh marmonna de manière incompréhensible.

"Juste un simple morceau de fer, Shluh. C'est ce que le ministère des Affaires étrangères m'a dit lorsque j'ai demandé des informations."

"J'aimerais que vous gardiez votre prisonnier hors de vue", dit le capitaine. "J'ai du mal à ne pas toucher à lui."

"Shluh veut aider, Capitaine. Il a été un mauvais garçon et j'ai le sentiment qu'il aimerait coopérer avec nous maintenant. Surtout compte tenu de l'arrivée imminente d'un vaisseau terrestre et du nuage de poussière là-bas."

"Que veux-tu dire?"

"Capitaine, vous pouvez le faire voyager encore une semaine, contacter le navire à son arrivée, le faire remorquer et vos ennuis seront terminés. Lorsque vos films seront projetés dans le quartier approprié, un groupe de travail viendra ici. Ils vont réduisez Groac à un niveau culturel sous-technique et mettez en place un système de surveillance pour s'assurer qu'elle ne reçoive plus d'idées expansionnistes. Non pas qu'elle puisse faire grand-chose maintenant, avec sa mine de fer pratique dans le ciel disparue.

"C'est vrai ; et—"

"D'un autre côté", a déclaré Retief, "il y a ce que je pourrais appeler l'approche diplomatique..."

Il s'expliqua longuement. Le capitaine le regarda pensivement.

"Je vais y aller", dit-il. "Et cet homme ?"

Retief se tourna vers Shluh. Le Groacian frémit, les tiges oculaires rétractées.

"Je vais le faire," dit-il faiblement.

"Bien", a déclaré Retief. "Capitaine, si vous demandez à vos hommes d'apporter l'émetteur de la navette, j'appellerai un homme nommé Fith au ministère des Affaires étrangères." Il se tourna vers Shluh. "Et quand je l'aurai, Shluh, tu feras tout exactement comme je te l'ai dit – ou tu demanderas à des moniteurs terrestres de te dicter à Groac City."

"Très franchement, Retief", a déclaré le conseiller Pardy , "je suis plutôt déconcerté. M. Fith , du ministère des Affaires étrangères, a semblé presque douloureusement prodigue dans vos éloges. Il semble très désireux de vous plaire. À la lumière de certaines des preuves que j'ai " J'ai constaté un comportement très irrégulier de votre part, c'est difficile à comprendre. "

" Fith et moi avons vécu beaucoup de choses ensemble ", a déclaré Retief. "On se comprend l'un l'autre."

"Vous n'avez aucune raison de vous reposer sur vos lauriers, Retief", a déclaré Pardy . "Mlle Meuhl avait tout à fait raison de rapporter votre cas. Bien sûr, si elle avait su que vous aidiez M. Fith dans son merveilleux travail, elle aurait sans doute quelque peu modifié son rapport. Vous auriez dû lui confier."

" Fith voulait garder cela secret, au cas où cela ne fonctionnerait pas ", a déclaré Retief. "Tu sais comment c'est."

"Bien sûr. Et dès que Miss Meuhl se remettra de sa dépression nerveuse, une belle promotion l'attendra. La jeune fille le mérite amplement pour ses années de dévouement sans faille à la politique du Corps."

"Inébranlable", a déclaré Retief. "Je vais certainement accepter ça."

"Autant que vous puissiez le faire, Retief. Vous ne vous êtes pas bien acquitté de cette mission. J'organise un transfert. Vous avez aliéné trop de population locale..."

"Mais comme tu l'as dit, Fith fait l'éloge de moi..."

"Oh, c'est vrai. Je fais référence à l'intelligentsia culturelle. Les dossiers de Miss Meuhl montrent que vous avez délibérément offensé un certain nombre de groupes influents en boycottant..."

"Vous n'avez pas le ton", a déclaré Retief. "Pour moi, un Groacian qui souffle dans le nez ressemble à un Groacian qui souffle dans le nez."

"Il faut accepter les valeurs esthétiques locales", a expliqué Pardy . "Apprenez à connaître les gens tels qu'ils sont réellement. Il ressort de certaines des remarques citées par Mlle Meuhl dans son rapport que vous teniez les Groaci en assez mauvaise estime. Mais vous vous trompiez ! Pendant ce temps, ils travaillaient sans relâche pour les sauver. Ces braves gars abandonnés à bord de notre croiseur. Ils ont continué même après que nous ayons nous-mêmes abandonné les recherches. Et lorsqu'ils ont découvert que c'était une collision avec leur satellite qui avait désactivé l'engin, ils ont fait ce geste magnifique et sans précédent. Cent mille crédits en or à chaque membre de l'équipage, en signe de sympathie groacienne .

"Un beau geste", murmura Retief.

"J'espère, Retief, que vous avez tiré les leçons de cet incident. Compte tenu du rôle utile que vous avez joué en conseillant M. Fith en matière de procédure pour l'aider dans ses recherches, je ne recommande pas une réduction de grade. Nous" "Je vais oublier l'affaire, vous donner une table rase. Mais à l'avenir, je vous surveillerai de près."

"Vous ne pouvez pas tous les gagner" , a déclaré Retief.

"Tu ferais mieux de faire tes valises. Tu viendras avec nous demain matin." Pardy mélangea ses papiers.

« Je suis désolé, dit-il, de ne pouvoir vous faire un rapport plus flatteur. J'aurais aimé recommander votre promotion, ainsi que celle de Miss Meuhl .

"Ce n'est pas grave", a déclaré Retief. "J'ai mes souvenirs."